선인장은 물을 좋아한다

사랑받기 보다는

사랑하기를

최선우

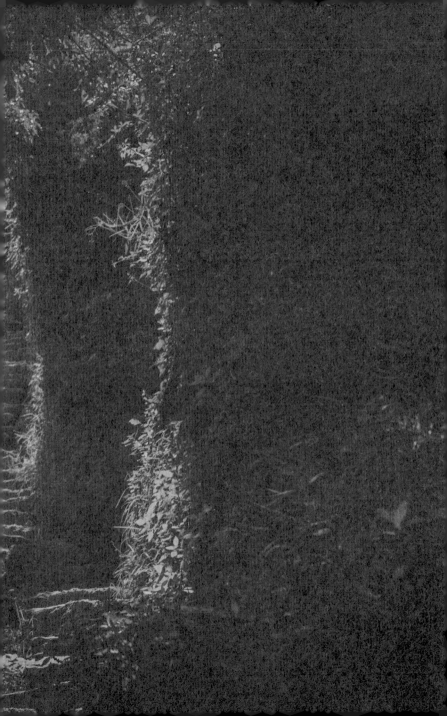

들어가며

어두운 터널 속에 갇혀 끝이 보이지 않은 출구만 찾던 나의 삶은 어느날 만난 초록이 주는 상쾌함에 눈을 뜨고, 흙냄새를 타고 들어오는 신선한 바람에 이제야 겨우 숨 쉬는 법을 배운다. 가끔 비가 내리면 같이 맞으며 울기도 하고, 심심한 밤이면 좋아하는 노래를 함께 들었다. 이렇게 식물이 주는 위로는 너무 따듯하고 아름다워서 나는 결국 사랑에 빠지고 말았다. 그로부터 나의 시간과 정신은 모두 그들의 것이었다.

한 번은 평생 실내에서만 자란 레몬 나무가 실외 옥상으로 새로운 자리를 잡으며 심한 몸살을 겪었다. 처음 겪어본 꽃샘추위와 강한 바람에 레몬 나무는 온몸의 잎을 다 떨어뜨리고, 윗가지들을 말렸다. 새로운 환경에 적응하기 위한, 살아남기 위한 몸부림이었다. 결국 잎을 다 떨군 레몬 나무는 살기 위해 마지막까지 힘을 다해 버티고 있었다. 이미 사람들은 레몬 나무가 죽었다고 믿었다.

씨앗부터 몇 년을 뿌리내려온 레몬 나무는, 찰나의 시련으로 하루아침에 죽지 않는다. 과거에 화려하고 아름다웠던 기억이 스치며 지금의 모습이 잠시 볼품없어 보일지 몰라도 레몬 나무는 죽지 않았고, 내가 굳게 믿고 있음으로 다시 살아날 것이다. 잎이 다 떨어져 버린 앙상한 레몬 나무를 하루도 빠지지 않고 살피라 했다. 흙이 마르지 않게 물을 매일 주고, 레몬 나무의 새로운 도전과 적응을 방해하는 잡초를 직접 제거하라 했다.

나의 믿음에 보답하듯 나뭇가지만 남아있던 앙상한 레몬 나무는 계절이 채 바뀌기도 전에 조그마한 새잎을 내보이더니, 전보다 더 싱싱하고 윤이나는 레몬잎을 빼곡하게 펼쳤다. 새롭게 핀 레몬잎의 향기가 바람을 타고 날아와 코끝을 스친다. 태풍에도 쓰러지지 않을 튼튼하고 굵은 목대를 세우며 잠시 숙였던 고개를 다시 들었다. 이미 정해둔 답 들은 때론 큰 도움이 되나, 가끔은 내가 할 수 있는 최선의 선택에 방해가 된다.

식물들은 그들만의 방식으로 사계절을 버텨내고 적응하기 위해 날마다 온 힘을 다해 살아간다. 우리의 삶은 식물의 삶과 참 많이 닮았다. 각자의 고충이 가득한 힘든 삶을 살아가며 결국 그 안에서 뿌리를 넓혀 새싹을 틔우고, 새잎을 내며, 꽃을 피우고 열매를 맺는다. 인생의 사계절을 버티며 울기도 웃기도 하고, 위로도 받으며, 용기를 얻는다. 이 과정에서 내가 식물에게 받았던 위로의 순간들을 당신도 받을 수 있길 바라며, 나를 키워준 식물들의 이야기들을 기록한다.

최선우

목차

봄, 여름, 가을 그리고 다시 겨울

선인장은 사실, 물을 좋아한다.

나를 만나서

결국, 행복

봄, 여름, 가을 그리고 다시 겨울

봄 단비와 여름 장마,
그리고 가을비

 겨울이 오면 여름이 빨리 왔으면, 여름이 오니 겨울이 빨리 왔으면 한다. 봄이 시작되고 초여름이 시작되어 한창 식물들의 물 주기가 바빠지면, 하루라도 쉬고자 자기 전 잠이든 새벽, 갑자기 쏟아지는 빗소리에 잠이 깨면 그렇게 기쁠 수가 없다. 산뜻한 초여름이 지나가고 폭염과 함께 여름 장마가 오면, 습하고 기나긴 비 소식에 물을 싫어하는 식물들이 숨이 막혀 힘들까 걱정하며 여름 장마가 빨리 지나가길 바란다. 이제 다시 여름이 지나 가을이 오면, 한껏 하늘을 향해 높이 자란 식물들은 그동안 피운 꽃을 떨구고 열매를 맺기 위해 준비를 한다. 열매를 맺으며 바싹 마르는 가을 날씨에 애써 키운 열매들이 말라버릴까 다시 열심히 물 주기를 시작한다.

한여름 내내 그렇게 지나가길 바랐던 비가

다시 오길 바란다.

이렇게 해주면 싫다 하고, 떠나니까 그립다고 한다.

넘치지도 모자라지도 않게

작년에 이맘때쯤 저장해둔 나의 글을 열어보니 '올해는 비가 너무 안 와 걱정이었다.'라고 시작하는 글이 보인다. 매일 같이 비 소식이 들리는 7월 중순에, 날씨 참 웃긴다하며 다시 몰래 저장해 둔 글을 열어보았다. 작년 여름에는 나는 무슨 생각을 하고 있었을까. 첫 문장이 이렇게 시작한다.

'올해는 비가 너무 안 와 걱정이었다. 오랜만에 내린 비가 반갑지만 갑자기 내린 비는 너무 강해서 약한 잎들이나 막 새롭게 잎을 낸 어린 식물들이 다칠까 걱정이 된다.'

아 나는 작년 여름에도 식물들을 걱정했구나. 그리고 그 밑에는 씨앗부터 키운 싱싱한 바질에 대해 말한다.

'내 걱정을 비웃기라도 하듯이 약한 새잎들조차 시원한 비를 맞고는 더 싱싱하게, 더 강하게 자라 있었다.'

갓 피어난 어린잎은 연하고 연하다. 실수로 살짝만 힘을 주어 만 저도 잎이 찢어지거나 상처가 날 만큼. 진한 초록색의 잎과는 다르게 연하고 연한 갓 세상에 핀 연두색의 어린잎이다. 그런 어린잎들도 참다 참다 터진 강한 장맛비를 버틴다. 하늘에서 떨어진 비가 바닥에 닿고 다시 높게 뛰어오를 만큼 강한 장맛비를 버틴다. 물론 너무 강한 비에 잎이 찢어지거나 부러지는 잎들도 보인다. 상처는 입었지만, 다행히도 죽진 않았다. 상처 잎은 잎들은 혹여 누가 쫓아라도 오는지 더욱 힘차게 새로운 잎을 올린다.

요즘 들어 매일 내리다 싶은 강한 장맛비를 보면서, 비도 참 적당히 내리면 안 되나 싶다. 적당히 필요한 때에, 식물이 다치지 않을 만큼, 더운 날씨에도 목이 마르지 않을 만큼 내려주면 안 되나 싶다. 그럼 식물도 나도 안심할 텐데. 찢어질까 부러질까 걱정하지 않아도 될 텐데 말이다. 비가 참 적당히 와주면 좋을 텐데 싶다.

식물과 비의 관계처럼, 사람들의 관계도, 주어지는 힘 듦도, 괴로운 것들도, 행복한 것들도 참 적당하면 좋겠다. 누군가를 너무 많이 사랑하지 않았으면 좋았을 걸 싶고, 누 군가를 너무 많이 증오하지 않고 싶다. 적당히 사랑하고, 적당히 미워하고 싶다. 나의 감정 때문에 새로 나온 여린 잎처럼 찢어질까 부러질까 걱정하고 싶지 않다.

찾아오지 않았으면 하는 고통도, 예상하지 못했던 시련 들도 참 적당히 왔으면 좋겠는데, 장맛비처럼 한 번에 몰려 오지 않았으면 좋겠는데, 그것도 안 된단다. 그러다 행복이 찾아오면, 크게 다가온 행복이 떠날까 봐 적당히 행복했으 면 좋겠는 데라고 말한다. 넘치지도 모자라지도 않게 살고 싶다. 다칠까 상처받을까, 부러지면 다시 살아나지 못할까 걱정하지 않고 싶다. 이런 생각을 하다가도 장마가 끝난 후 더욱더 생생하게 자라는 나의 식물들을 보며 또 반성한다.

찢어지면 다시 새잎을 올리고, 부러지면 다른 곳에서 새 가지를 두 배로 내어 자란다. 적당히 사랑할 수 없다면, 찢어질 듯이 사랑하자. 부러질 듯 괴롭다면 부러지자. 여린 잎으로 강한 빗줄기를 맞이하는 식물들처럼, 찢어지고 부서지더라도 다시 새잎을 올리자. 그럼 나는 더 푸르게 자라나 있겠지.

꽃이 져야 열매가 열린다

열심히 싹을 올린 유실수 꽃이 수정을 이루면, 꽃 아래 조그마한 열매가 자랄 준비를 한다. 이제 이 열매가 자리를 잡으면 꽃은 자연스럽게 떨어진다. 이렇게 꽃이 진 후에 열매가 생긴다. 꽃이 피고, 꽃이 지고, 열매가 맺혀야 씨앗이 생기는 사실을 알면서도, 누군가는 꽃이 피기도 전에 당장 열매를 바란다. 씨앗은 열매 가장 깊숙한 곳에 있음에도 불구하고, 열매를 보지도 않고 당장 내 눈앞에 씨앗이 생기길 바란다. 아직 봄이 오지도 않았는데 한겨울 노지에서 봄 새싹이 트길 바란다. 누군가는 가끔 이렇게 당연한 순서들과 원칙들을 쉽게 잊어버리곤 당장 눈앞에 존재하지 않는 것들을 잡으려 소중한 현재를 낭비한다. 그러고는 현재 누리고 있는 당연하지 않은 것들을 당연하게 생각한다.

내가 실수 하더라도 당연히 받아줄 거야,

내가 상처를 주더라도 당연히 내 옆에 있어 줄 거야,

내가 잘못 하더라도 당연히 이해해 줄 거야,

내가 등을 돌려도 당연하게 그 자리에서 기다려 줄 거야,

내가 사랑을 주지 않아도 당연히 나를 사랑해 줄 거야,

당연한 것들은 자연의 순서에 따라 맺어진다. 시간과 계절이 지남에 따라 정해지며, 지나간 계절이 내년에 다시 돌아오듯 기다리면 돌아오기도 한다. 당연하지 않은 것들은 누군가의 사랑으로부터 온 희생과 인내로 맺어진다. 당연한 것들과는 다르게 당연하지 않은 것들은 놓치는 순간 돌아오지 않을 수 있다.

정말 당연한 사실들은 당연하게 생각하지 않고,

정작 당연하지 않은 것들은 당연하게 생각한다.

가끔 우리는 이 두 가지를 너무 쉽게 착각하곤 한다.

시든 꽃은 바로 고개를 들지 않는다

　카페 테이블에 귀엽고 사랑스러운 노란 튤립이 고개를 푹 숙였다. 마치 힘든 하루를 보내고 난 우리 모습과 같다. 꽃봉오리가 아직 피지도 않은 걸 보니 오래되어 시들어 보인 것 같진 않았다. 튤립이 자리한 동그란 모양의 화병을 확인해 보니 비어있다. 빈 병을 확인하고 작디 작은 화병에 시원하고 깨끗한 물을 채워주었다. 길지 않은 시간이 지난 뒤, 그 자리에는 다시 씩씩하고 당당하게 고개를 세운 튤립이 있었다.

　꽃병의 물 채워주었다고 해서 고개를 푹 숙여버린 꽃은 바로 다시 고개를 세우지 않는다. 우리가 물을 채워주는 순간부터 튤립은 잘린 줄기를 통하여 있는 힘껏 물을 끌어올려 가장 위에 자리 잡은 노란 꽃잎까지 물을 올린다. 시원한 물을 끌어올려 쓰러진 몸을 바로 세우는데 까지는 보이지 않는 노력과 시간이 필요하다.

고개를 숙인 꽃과 나는 아직 시들지 않았다. 천천히 고개를 들이 언제 풀이 죽었었냐는 듯이 살아난 노란 튤립을 보며 생각한다.

어제의 소소한 기쁨이,

오늘의 웃음이,

내일에 대한 기대가 쌓여

확실한 행복을 알게 해 줄 것이다.

돌연변이가 사랑받는 세계

　태초부터 돌연변이는 세상에서 소외되는 존재였다. 남들과 다르게 생기거나, 다르게 행동하거나, 다른 생각을 가지면 사회에서 버림받았다. 심지어 불운한 존재라며 버려지기까지 했다.

　세상과 기술이 하루가 다르게 발전할수록, 주변에는 공장에서 찍어낸 같은 모양의 물건들이 넘쳐난다. 그뿐만 아니라 클릭 한 번으로도 몇천킬로 떨어진 곳에서 판매하는 상품을 빠르게는 일주일 내에 받아볼 수 있다. 이렇게 우리는 국경을 넘어서 다수의 사람이 똑같은 상품을 동시에 사용할 수 있는 세상에서 살게 되었다. 시대는 변하는데 우리의 삶은 같아진다. 그래도 인간의 본성은 거스를 수 없는 것이어서, 사람들은 자기 자아(identity)를 잃지 않고,

자신만의 것을 찾기 위해 끊임없이 노력한다. 현대 사회가 발전하며 사람들은 '틀린 게 아니라 다른 것'을 인정하라고 주장한다. 이 당연한 주장을 이제야 인정하는 사람들이 많아지면서 '다름'에 대해 점점 인식이 나아지고는 있지만, 돌연변이는 여전히 사회에서 소외받는 존재이다. 인간 세상에서 돌연변이가 영웅이 되는 사회는 아직 영화에서밖에 존재하지 않는다.

　하지만 돌연변이가 환영받는 세계가 있다. 바로 식물들의 세계이다. 식물들도 사람들과 같이 유전자와 DNA가 존재하기 때문에, 유전자가 자연적으로 변형되어 태어난 식물들은 우리가 기대하는 모습과는 다른 모습으로 자란다. 가장 대표적인 예로는 우리가 가장 잘 알고 있는 행운의 상징인 '네잎클로버'이다. 이렇게 식물들의 세계에서는 남들과 다른 모습을 가지고 태어난 세잎클로버의 돌연변이인 '네잎클로버'는 식물 세계에서 귀한 취급을 받으며, '행운의 상징'이라고 불리며 사랑받는다. '네잎클로버'와 같이 돌연변이 식물들은 선인장 세계에서 가장 환영받는다. 선인장식물들이 변형되어 자란 형태를 '철화'라고 한다. 철화의 모습은 식물마다 다양하게 변형될 수 있으며, 그 모습 또한 신비로울 정도로 다양하다.

　철화 된 식물들은 일정한 모양으로 자라지 않고 몸통이 변형되어 자라며, 흔하지 않기 때문에 특별하게 여겨진다. 그래서 희귀한 식물들의 철화는 더욱더 귀하기 때문에 가격도 우리가 상상하는 것 이상으로 거래된다. 철화된 식물 외에도, 우리가 요즘 흔히 볼 수 있는 몬스테라에 이상 무늬를 가지고 태어난 '알보 몬스테라'는 희귀 식물로 취급되어 상상 이상의 가치를 인정받는다. 이렇게 식물들의 세계에선 남들과 다른 모습을 할수록, 모습이 특이할수록 가치 있고 귀중한 취급을 받는다. 누군가는 자신이 돌연변이라 칭한다. '나는 왜 이렇게 태어났을까', '나는 왜 남들과는 다를까', '나는 왜 평범한 삶을 살지 못할까', '나는 왜 이럴까' 라고 단정 짓고 스스로 자취를 숨긴다.

돌연변이로 태어난 것은 행운이다. 남들과 다르다는 것은, 특별한 나만의 것을 가지고 있다는 뜻이다. 이런 특혜는 세상에 특별함을 가져다줄 수 있는 씨앗을 지니고 있는 것과 같으며 귀중한 씨앗을 품고만 있을 것인지, 싹을 틔울 것인지는 돌연변이의 의지에 달려있다. 평범하지 않은 생각과 모습은 모두가 똑같이 살아가는 세상에서 오히려 빛이 난다.

사계절 내내 피지 않아도 괜찮다

백합은 강한 식물이다. 우리나라 어느 노지에 심어도 혹독한 겨울을 잘 보내고, 봄이 되면 누구보다 크게 자라 꽃봉오리를 올린다. 그리고 여름이 시작되면 어느 여름꽃보다 향기롭고 웅장하게 꽃을 피운다. 아무것도 해주지 않아도 백합은 매년에 여름이 되면 어김없이 하얀 순백의 꽃을 올린다. 이것은 우리에겐 너무 다행이고 기쁜 소식이나, 슬프게도 백합은 한여름 열심히 준비한 꽃을 피우고 난 뒤에는 다시 목마른 가을과 추운 겨울을 혼자서 보내야 한다.

그렇게 시간이 지나며 우리는 다시 백합을 잊는다. 우리가 백합을 기억하는 순간은 여름에 잠시 꽃을 피워주는 그 짧은 시간뿐이다.

'백합은 강하니까', '백합은 혼자서도 잘 자라니까', '백합은 내년이 되면 어차피 꽃을 보여줄 거니까'라는 생각으로 우리는 당연하다는 것에 안심한다. 우리에게 주어진 시간도 마찬가지다. 오늘이 지나면 내일이 올 것이고, 내일이 쌓이면 내년이 온다. 하지만 아쉽게도, 항상 있을 것만 같은 시간은 당연하지 않다. 시간은 우리가 모두 동일하게 가지고 있지만, 모두가 동일한 시간을 가질 순 없다. 여름이 지나도 백합을 기억한다. 혹여 흘려보낸 작년 여름의 백합 꽃이 다시 나를 찾지 못할 수도 있으니까.

백합처럼 일 년에 한 번 꽃을 피우는 식물이 있다면, 사계절 내내 쉬지 않고 꽃을 피우는 꽃들도 있다. 꽃 이름 중 앞에 '사계'라는 단어가 붙는 꽃들은 대부분 사계절 꽃을 피운다. 사계 국화는 끊임없이 꽃을 피우고, 지기도 전에 벌써 또 꽃봉오리를 올리고 쉬지도 않고 꽃을 올린다. 한창 꽃대를 올리고 또 올리는 사계 국화를 보면 쉬지 않고 달리는 것과 같이 숨이 찬다.

내 마음을 아는지 모르는지 한여름 땡볕에서 더욱더 열심히 꽃을 올리고, 뿌리를 넓혀 점점 넓게 번식한다. 노지에서 키우는 사계 국화는 월동까지 가능해서 실내에서 키우는 사계 국화처럼 겨울 내에는 꽃은 볼 수 없지만, 노지 사계 국화는 겨울에도 쉬지 않고 땅 밑에서 열심히 봄을 준비한다.

　사계 국화와 같은 당신에게 전한다. 당신은 충분히 아름답다. 끝없이 노력했고, 있는 힘껏 열심히 꽃 피운 것을 내가 보았다. 우리 한 계절만이라도 쉬어가자. 당신이 지치고 힘들까 걱정이 된다. 당신의 활짝 핀 행복을 볼 수 있다면, 나는 사계절 내내 당신의 꽃을 보지 않아도 괜찮다.

백합이 꽃망울을 올리면 곧 여름이 다가온다는 뜻이다. (사진: 나)

피울 수 있었는데 못 피운 꽃

우리 집 옥상에는 할머니가 꽃을 키우신다. 할머니는 3
층에, 나는 2층에 사는데 할머니는 다리가 아프셔서 작은
빌라 반 층을 올라가실 때에도 잠시 쉬어야 할 만큼 힘들어
하신다. 우연히라도 계단에서 할머니를 마주치면 할머니는
나는 좀 오래 걸린다며 먼저 올라가라며 충분히 넓은 계단
임에도 불구하고 자리를 비켜주신다.

덥고 습했던 여름 끝나가며, 상쾌하고 청량한 날씨가
이어져 어느날은 옥상에 이불을 널어 말렸더니, 포근하고
바삭한 하얀 이불의 느낌이 좋아 그 이후 한동안은 모든 이
불과 옷 빨래를 매번 옥상에 널었다. 3층에 있는 할머니 집
을 지나가야 갈 수 있는 옥상에는 할머니가 소중하게 키워
오신 꽃들뿐만 아니라 상추, 가지, 고추 등 여러 채소가 심

겨 있었다. 한구석에 자리한 장미를 자세히 보니 아무래도 여름이 끝난 후라 물이 모자라 꽃을 피우려다 피우지 못한 꽃봉오리를 애처롭게 달고 있었다. 몇몇 화분 또한 꽃은 피지 않고 말라가는 잎 몇 장 달고 있었는데, 후에 할머니께 여쭤보니 하나는 빨간색 꽃이 피는 달리아라는 꽃이고, 하나는 이름 모를 국화와 같이 생긴 꽃이라고 하셨다. 할머니는 올해는 장마가 길어서 그런지 두 꽃 다 안 피었다고 선한 얼굴에 실망감을 드리우셨다. 꽃봉오리를 올리고 꽃이 필 시기에는 절대 화분의 물을 말려서는 안 된다. 꽃이 피는 개화시기에는 식물에게 가장 중요하고 에너지가 많이 드는 시기라서, 물을 말리는 순간 꽃을 피울 힘을 자기 몸을 유지하는 것에 써버리기 때문에 꽃이 피지 않는다. 꽃봉오리가 맺히더라도 물이 모자라는 순간 식물은 살아남기 위해 꽃봉오부터 말려 떨어뜨린다. 계단 하나도 올라가기 힘들어하시는 할머니에게 매일 옥상의 장미꽃과, 달리아, 그리고 이름 모를 국화 같은 꽃에 물을 주는 일은 할머니에게는 아무래도 불가능했었으리라. 할머니에게 '이거 꽃 필

거 같아요'라고 위로드렸지만, 할머니는 곧 서리가 내릴 거라고 올해는 늦은 것 같다고 섭섭해하며 쓸쓸하게 웃으셨다.

할머니는 혹여라도 내년에 자신이 없다면 이 꽃들을 잘 부탁한다며 말씀하셨다. 그래서 내가 아침저녁으로 옥상에 올라가 물을 줬다. 가끔 온도가 갑자기 떨어지는 날에는 전날 밤 아침 온도를 확인하며 물을 줬다. 비가 온다고 하곤 충분히 비가 내리지 않아 뿌리까지 비가 닿지 않은 날에도 올라가서 물을 주고, 꽃을 피워줄 영양제를 뿌려주었다. 이런 나의 노력을 가엽게 여겼는지, 고맙게도 애처롭게 꽃봉오리를 매달고 있던 장미가 꽃을 피워준다. 세상 빛을 보길 간절히 기다렸을 꽃봉오리 안쪽 꽃잎들은 다행히도 싱싱하고 반듯하게 얼굴을 내민다.

이렇게 식물은 거짓말을 하지 않는다. 주는 것보다 배로 보답해 주는 작은 생명의 모습이 누구보다 솔직하고 순수하다. 마지막까지 버티다 상처 입고 찢어져 버린 꽃잎들조차 한 없이 소중하고 아름답다. 장미옆에 자리 잡은 달리아는 이미 크게 꽃을 피우고도 또 다시 두 번째 꽃봉오리를 올리고 있다. 이름 모를 국화도 늦게나마 꽃 봉오리를 올려 늦었지만 열심히 꽃을 피울 준비를 한다. 할머니의 말대로 11월이 들어서며 서리가 내릴 만큼 추운 날도 있었지만 얼마나 꽃 피우길 기다렸는지 그마저도 버티며 꽃을 올린다.

꽃봉오리를 모두 올려둔 후 할머니를 옥상에서 다시 우연히 만났다. '할머니 여기 보세요 여기 꽃봉오리 올라왔어요!'라고 말하니 할머니는 행복한 미소를 활짝 지으신다. '이거 피면 엄청 크고 이쁜 꽃이 피어, 우리 며느리가 이 앞에서 4만 5천 원씩이나 주고 어버이날 사 왔어' 라며 한껏 자랑을 하시며 꽃에서 눈을 떼지 못하신다. 나는 달리아가 어떻게 생겼는지 잘 알고 있지만 새삼스레 모르는척하며 엄청 기대된다며 내년에는 꽃이 더 많이 피었으면 좋겠다고 말한다.

늦게라도 좋으니 마지막까지 힘을 다해 피는 꽃들을 보며, 내가 가진 것들 중에서도 꽃피우지 않은 것들이 나를 기다리고 있을지도 모른다는 생각을 한다. 잠시 힘들고 눈에 보이지 않는다고 방치해둔 사랑하는 사람들이나, 깊숙이 넣어준 바람들이 아직 피우지도 못한 채 나를 간절히 기다리고 있을지도 모른다. 시들어 죽은 것도 아니며, 할머니의 걱정처럼 늦은 것도 아니다.

아직 피우지 못한 꽃들은 내가 고개를 돌려 자신을 바라봐주고, 목마른 자신에게 물을 주길 바라며 그 자리에서 묵묵히 기다리고 있을 뿐이다.

나의 눈을 사로잡는 식물들

식물을 처음 접했을 때는 잘 죽지 않고 기르기 쉽다고 알려진 식물을 찾았다. 이후 어느 정도 식물을 키우는 법이 손에 익었을 때는 흔하지 않고 남들이 갖고 있지 않은 식물들에만 눈이 갔다. 국내에 판매하는 곳은 몇 군데 없을뿐더러, 키우기 까다롭고, 그뿐만 아니라 돈이 있어도 구하기 힘든, 말 그대로 희귀 식물들이었다. 그 짧은 설렘도 잠시, 시간이 흐르고 새로운 식물도 잘 들이지 않는다는 식물 권태기가 오고말았다.

매일 지나가다싶이 하는 골목길에 어느날 갑자기 몬스테라 화분이 떡하니 가로수 옆을 차지하고 있었다. 몬스테라는 작은 판매용 플라스틱 화분에 갇혀 숨이 막혀 보였는데, 새로 들인 식물은 아닌지 몬스테라 잎에 달린 잎들은 이미 노랗게 시들어가고 있었다. 시들어 가는 몬스테라 앞에서 발길이 멈췄다. '버려진 걸까? 그럼 저 몬스테라는 어떻게 살아남지? 내가 가져가서 키워야할까? 그러다 주인이 찾으면 어떡하지?' 라고 속으로 한참을 고민며 그자리에 서있다 결국 다시 발걸음을 옮긴다. 혹시 모를 주인이 나타나길 기다리며, 삼 일 뒤에도 그대로라면 내가 가져가서 키워보자 했다. 어차피 나는 내일도 이 길을 지나갈 거니까.

정확히 삼 일 뒤, 몬스테라는 잎이 정리된 채로 새 화분에 자리 잡고 있었다. 안도의 한숨을 내뱉었다. 다행이도 몬스테라는 버려진 것이 아니였다.

나의 아모르포팔루스 (Amorphophallus atrovoiridis) (사진: 나)

버림받는다는 것은 누구에게니 슬프고 상처가 되는 일이다. 나의 의지와는 다르게 상대와 인연이 끊어진다는 것, 더 이상 내 옆에 없다는 사실은 마음속 깊은 곳에 지울 수 없는 깊은 생채기를 만든다. 내가 낸 상처가 아님에도 불구하고, 불행히도 버림받은 이유를 나에게서 찾는다. 내가 잘 못해서, 내가 실수해서, 내가 상대에게 부족해서라고. 물론 나 또한 위와 같은 고민을 한 적이 있었는데, 나를 가장 오래보고 오랜 시간을 함께한 친구가 말했다.

'나는 내가 사랑받지 못하는 이유가 나인 것 같았는데, 알고 보니 그게 아니더라. 어차피 떠날 사람은 떠날 것이었고, 나를 미워할 사람은 나를 미워할 것이었다.'

나의 자매 같은 그녀 또한 항상 웃고 밝은 모습 뒤에 같은 상처를 받았다는 것에 놀랐고, 그런데도 담담하게 깊은 위로가 되어주는 말을 해주는 그녀의 말에 나는 깊은 상처를 덮고 다시 한번 일어날 수 있었다. 나의 그대로를 사랑하고 존중해주는 사람들이 바로 내 옆에서 계속 나를 지켜주고 있는데도, 잠시 스쳐 지나갈 악연 때문에 나의 소중한 시간과 감정을 낭비하고 있었다. 이런 기억과 경험 때문인지는 몰라도 나는 이제 희귀 식물보다는 길가에 버려지거나, 상처가 생겨 상품 가치가 떨어져 할인 판매하는 식물에 한번 더 눈이간다.

누군가는 너를 버리지 않았다는 것을, 버리지 않을 것을, 사랑하고 지켜줄 것을 알게 해주고 싶어서. 깡통 재떨이와 전봇대 옆을 떠나 더 좋은 자리에 안착한 몬스테라. 시든 잎은 간데없고 며칠 사이 튼튼한 잎이 두 장이나 나왔다.

이제야 안심이 된다.

나무들의 겨울맞이

여름이 지나고 가을이 왔다고 한 게 엊그제 같은데, 짧고 아름다운 가을도 금방 또 지나가 버렸다. 맑고 파란 하늘과 대조되어 더 아름다운 빨갛고 노란 단풍잎들을 보며 아름답다고 감탄했던 시간이 꿈인 것 같이 지나갔다. 여름 동안 나무들이 풍성하게 키워둔 초록 잎들이 가을이 되어 그동안 숨겨둔 색들을 맘껏 뽐내고 나면, 이제 추운 겨울을 보내기 위해 열심히 키운 잎을 떨어뜨려 최소한의 영양으로 살아갈 수 있도록 스스로 월동 준비를 한다.

가을바람이 살짝만 스쳐도 무지개빛 나던 단풍들은 낙엽 비가 되어 떨어진다. 그 짧은 순간마저도 허락 못 한다는 듯이 갑자기 내린 가을비에 한순간 나무들은 옷을 벗고 앙상한 가지들을 내보인다. 겨울이 되어 나무들이 온전히 가지만 드러나기 시작하면, 나무들은 이제 한 해를 마무리하는 동시에 새로운 해를 맞이할 준비해야 하는 계절이다. 잎을 다 떨구거나 앙상한 가지만 남게 되었다고 해서 나무의 삶이 끝나는 것이 아니다. 잎을 다 떨구었기에 겨울을 버틸 수 있게 된 것이고, 앙상한 가지만 남았기에 봄이 오면 새로운 새싹들을 피울 자리가 생기게 되는 것이다. 성장을 할 수 없는 추운 겨울에는 잎을 키우는 것보다 보이지 않는 흙 아래에서 뿌리를 더 넓혀 굳건히 자리를 잡는다.

한 해가 지날수록 강해진 나무들은 추운 겨울을 버티며 자신의 몸과 앙상한 나뭇가지 위에 굳은살을 새긴다. 몇 번의 겨울을 버틴 나무들의 굳은살이 쌓여 우리가 아는 나무의 나이테가 된다. 나이테가 쌓이며 나무들은 더 단단해진다. 추위에도 더 잘 버틸 수 있게 되었고, 가뭄에도 더 오래 버틸 수 있는 몸통을 가지게 되었다. 이렇게 자란 나무들은 이제 두껍고 윤기 나는 잎과, 보다 더 크고 화려한 꽃들을 피울 수 있게 된다.

나무들에게 겨울이란,

추위를 버텨야 하는 고통의 시간인 동시에

곧 새싹과 꽃 피는 봄이 얼마 남지 않았다는

기쁜 소식이기도 하다.

선인장은 사실, 물을 좋아한다.

사막에도 꽃은 핀다

항상 푸르던 초원에 한동안 비가 내리지 않아 급격히 말라버렸다. 목이 마른 식물들은 가끔 내리는 비로 살아남으려 발버둥 쳐보았으나, 반복되는 가뭄에 결국 푸르던 초원은 사막이 되었다.

사막이 된 초원에는 더 이상 비가 내리지 않는다.

비가 내리지 않아 더 이상 식물이 자라지 않게 되었고, 이제 식물이 자라지 않아 초원에는 구름도, 어느 생명도 찾아오질 않는다. 사막은 더 깊숙이 말라간다. 비가 한참 동안 내리지 않으면 사막은 더 이상 비를 기대하지 않게 된다. 비가 내리지 않으면 다시는 푸른 초원이 될 수 없어 애가 탄다.

가시 돋친 선인장의 씨앗이 날아와 싹을 틔웠다. 그 메마른 사막에서 싹이 텄다. 깊게 메마른 사막에 다시는 보지 못할 것만 같던 생명의 싹을 틔웠다. 초원이었던 시절엔 볼 수 없었던 새로운 식물이었다. 자신을 보호하려 뾰족한 가시로 온몸을 감싸고 있고, 다른 식물들과 달라 물을 달라고 조르지도 않는다.

사막은 포기했던 비를 원한다. 자신의 땅에 우연히 자리 잡은 저 새로운 생명이 죽지 않고 살아남길 간절히 바란다. 선인장은 아무 영양도 없는 모래 속에 뿌리를 내리고서는, 누군가에겐 흔하디 흔한, 언제 내릴지 모르는 빗물을 간절히 기다린다. 선인장은 버티고 버텨본다. 그리고 결국 보란 듯이 선인장은 세상에서 가장 예쁜 꽃을 피운다. 우연히 마주쳐 뿌리를 내릴 수 있는 공간을 내어준, 그리고 언제 내릴지 모를 단비를 같이 기다려준,

어쩌면 자신보다 더 목이 말랐을 그를 위하여.

시멘트 사이로 피어난 꽃

　우리는 도시 한가운데에 살면서도 언제 어디서나 태평양 한가운데 휴양지에 온 듯 다양한 종류의 야자나무를 즐길 수 있다. 야자나무를 보며 내 옆에 있던 지인이 한마디한다. 자신이 알고 있는 야자 농장에 농부는 야자는 물을 적게 주고 스트레스를 주면 더 잘 자란다고 하더라 한다. 마음속으로는 속이 쓰렸지만, 야자 농부를 평가하고 싶지 않다.나름 야자 농부의 방법이 그분의 철학이자, 야자를 처음 키우 사람들에게 전달해 준 따듯한 조언일 것이다.

　물이 부족한 사막에서 살아남으려 물을 저장하려는 능력이 강해진 것이 선인장들이고, 해가 부족한 곳에서 태어나 악착같이 살아남은 식물들이 음지식물들이다. 그래서 우리는 선인장에 물 주는 것을 게을리하여도 오래 키울 수 있고, 고맙게도 해가 들지 않는 실내에서도 음지식물들이 주는 생명의 경이로움을 감상할 수 있다. 사람들은 보다 편하고 행복하게 살고 싶어 한다. 이제는 행복도 돈으로 살수 있다고 말한다. 돈을 많이 벌고 싶어 하고, 돈을 많이 벌기 위해 밤낮으로 일을 한다. 행복하기 위해 일을 하는데, 아이러니하게도 일을 하면서 오는 끊임없는 두통과, 불면증, 또는 스트레스로 인한 불행을 겪는다. 악착같이 살아보았는가. 어쩔 수 없이 그 환경에 적응하기 위해 강해져 본적이 있는가. 가족에게도, 몇십 년 된 친구에게도, 사랑하는 사람에게도, 심지어 아무도 나를 모르는 인터넷에도 차마 꺼내지 못하는 상처가 있는가. 영화나 드라마에서 나온 슬픈 장면들이라며 인터넷에 떠도는 장면들을 직접 경험해 보았는가.

우리가 보고 있는 도시의 식물들은 무엇보다 악착같이 살아남은 식물들이다. 인간에 의하여 원래 서식지인 곳을 강제로 떠나 새로운 곳으로 옮겨져 오고, 좁은 화분에서 평생을 살아가야 한다. 운이 나쁘면 평생 신선한 공기도, 빗물도 한번 맞아보지 못한 채 말라죽거나, 더 이상 자연에서 주는 영양분을 받을 수 없어 성장을 멈춘다.

목이 마르다 외칠 수 없고, 단비가 내리는 창밖을 보며 비를 맞을 수 없는 식물들이 안쓰럽다. 아스팔트 사이에서, 카페 구석에 물이 고픈데 말을 못 해 말라 죽어 가는 식물들이 있다. 공간에 생기를 불어넣고 싶다며 들여온 어느 화분들은, 자신의 생기를 내어주며 서서히 말라간다. 저 구석 이미 말라 죽은 식물을 보면 안심이 된다. 내가 해줄 수 있는 게 없다.

강하다는 말은 긍정적인 말이다. 그렇다고 약하다는 반대말도 아니고 부정적인 말도 아니다. 식물도 인간의 삶도 항상 행복할 수만은 없는 것인데, 나는 앞서 말한 야자 농부의 말처럼 스트레스까지 주어지며 강해질 필요는 없다. 식물도 우리도 이미 강하다. 항상 따뜻한 곳에서 누군가의 사랑과 관심을 받고 자라는 어느 식물들과는 다르게, 생명이 절대 자랄 수 없을 것 같은 곳에 떨어져 꽃을 피우는 식물도 있다. 좁은 시멘트 사이, 혹은 뜨거운 아스팔트 사이로 고개를 겨우 내밀고 꽃을 피운 식물을 보면 기특해서 울컥한다.

꽃이 지고 남은 자리에는 씨앗이 생긴다. 이렇게 다시 싹을 틔울 씨앗들은 양지바르고 비옥한 토양으로 자리 잡을 것을 한껏 기대했을 텐데, 결국 안착한 곳은 뿌리내리기에 불가능해 보이는 갈라진 시멘트 사이다. 어디서 날아왔을지 모를 이 씨앗은 차갑고 거친 시멘트 틈새에 떨어져 버렸다. 발이라도 달렸으면 조금만 더 옆으로 가 때 되면 물도 주고 영양제도 주는 화단으로라도 가고 싶을 텐데, 저 씨앗은 그럴 수가 없다. 딱딱한 시멘트 사이에서 비가 귀한 봄에 내리는 봄비를 한 방울이라도 더 맞으려 애를 쓴다. 그리고 버티고 또 버틴다.

꽃이 피기까지 식물은 엄청난 에너지와 영양, 물이 필요하다. 하지만 시멘트 사이에 자리 잡은 꽃 씨앗은 가끔 내리는 단비를 기다리며 하루하루 버틴다. 그리고 기특하게도 이 꽃 씨앗은 회색빛 시멘트 사이에서 불가능할 것 같은 아름다운 노란색 꽃을 피워 나의 발길을 잡는다. 이 노란색 꽃이 지고 씨앗이 생긴다면, 그 씨앗들을 새롭게 불어오는 바람을 타고 저 멀리 날아가 차가운 시멘트 사이가 아닌, 가장 비옥하고 양지바른 곳에 자리 잡길 바란다.

죽은 것 같아도 죽지 않았다

식물을 기른다고 하면 '내 식물이 죽어가는데 어떻게 해야 해?' 혹은 '이거 죽은 거지?'라는 질문을 정말 많이 받는다. 식물이 죽었는지 확인하는 방법은 매우 다양한데, 나는 주로 줄기 혹은 나뭇가지를 잘라 속을 확인하여 아직 줄기가 살아있는지 확인하거나, 식물을 파내어 뿌리를 확인한다. 나의 경험으로는 뿌리가 튼튼하고 아직 큰 뿌리들이 뽀얗게 살아있는 게 보인다면 줄기나 나뭇가지가 말라 있더라도 곧 새잎이 나고는 했다. 위 경우 중 하나라도 해당한다면, 나는 절대 이 식물은 죽었다고 단정 짓지도 포기하지도 않는다.

뿌리는 식물의 삶을 보여주며, 거짓말을 할 줄 모른다.

사랑을 많이 받은 식물들은 뿌리가 고르고 두껍고 튼튼하다. 식물에게 사랑을 많이 받았다는 의미은 충분한 햇빛과 바람을 받고, 꾸준하게 일정한 물을 제공 받았다는 의미이다. 반면, 목이 마른 식물들의 뿌리는 가느다랗고 실처럼 길고 수가 많다. 이는 건조한 흙 속에서 물을 조금이라도 더 흡수하기 위해 발달된 것이다. 죽은 식물과 살아있는 식물은 식물을 뽑을 때도 차이가 있는데, 죽은 식물을 뽑을 때는 힘없이 쑥 하고 뽑히지만, 살아있는 식물은 흙을 꼭 잡고 놓지 않아 잘 뽑히지 않는다. 그렇게 살아있다는 것을 강하게 주장한다.

그래서 나무가 많은 산에선 아무리 강한 태풍이 불어도 산사태가 나지 않는다. 내가 정말 존경하는 나무 의사 우종영 님의 책 '나는 나무에게 인생을 배웠다'에서 선생님이 과거에 일하셨던 농장 주인은 선생님께 아래와 같이 말하신다. "고무나무는 여건상 우리나라에서는 크게 자랄 수 없지만 따듯한 나라에서 제대로 뿌리를 내리기만 하면 20~30미터를 훌쩍 넘는 거목으로 자라지. 나무를 키울 때

정말 중요하게 생각해야 하는 건 눈에 보이는 줄기가 아니라 흙 속의 뿌리란다." (우종영 님의 책 '나는 나무에게 인생을 배웠다' p.31)

이어서 이렇게 덧붙이신다.

"아무리 큰 나무라도 작은 씨앗에서 시작되고, 싹이 튼다 해도 몇 해 동안은 자랄 수 없다. 막 싹을 틔운 어린나무가 생장을 마다하는 이유는 땅속의 뿌리 때문이다. 작은 잎에서 만들어 낸 소량의 영양분을 자라는 데 쓰지 않고 오직 뿌리를 키우는데 쓴다. 눈에 보이는 생장보다는 자기 안의 힘을 다지는 데 집중하는 것이라 볼 수 있다. 어떤 고난이 닥쳐도 힘을 비축하는 시기, 뿌리에 온 힘을 쏟는 어린 시절을 '유형기'라고 한다." (우종영 님의 책 '나는 나무에게 인생을 배웠다' p.32)

물이 말라서, 해가 부족하여 혹은 다양한 이유 등으로 겉모습이 처음과 달리 생생하지 못할 수 있다. 초록색이던 잎들이 갈색으로 말라버리고, 풍성했던 가지가 앙상해져 볼품없어질 수 있다. 그것을 보고는 사람들은 '죽었다'라고 생각한다. 그리고 '죽었다'라고 판단된 생명은 쓰레기통으로 버려진다. 우리의 삶은 식물과 참 많이 닮아있다. 누군가는 과거 빛나던 시절을 그리워하며 지나간 그 시간들을 놓지 못한다. 어떤 이는 행복을 바로 눈앞에 두고도 아직 다가오지도 않은 불행을 걱정하며 현재의 행복을 누리지 못하고 낭비한다. 다른 이는 자신의 인생은 태어날 때부터 불행하며, 남들과 다른 시작점에서 시작했다며 출발도 하지 않은 채 포기해 버린다. 어떠한 상황이라도 식물과 같이 마음속 뿌리만 살려두라 말하고 싶다.

뿌리만 살아있다면, 새잎을 펼쳐 다시 빛나는 모습으로 태어날 수 있고 앞으로 다가올 태풍에 무너질 걱정을 하지 않아도 된다. 뿌리만 살아있다면, 곧 힘을 비축하는 '유형기'를 지나 누구보다 튼튼한 나무로 자랄 것이다. 뿌리만 살아있다면, 겉은 죽어 보일지 몰라도 아직 살아있으니 말이다. 뿌리가 살아있다는 것은, 언제든지 원하는 새싹을 틔울 수 있는 힘이 있다는 뜻이자 희망이다.

친구의 가게에서 죽어가는 화분을 발견했다. 잎은 다 떨어져 누가 봐도 죽었다고 생각하는 나무였다. 아마 잎이 가득했을 때는 노란 꽃을 피우는 레몬 향이 나는 '애니시다'라는 식물이었을 것이다. 친구가 죽은 화분이라 이미 단정 짓고 버릴 거라고 하기에 그럼 내가 가져가겠다 했다. 가지를 하나 부러뜨려 보니 아직 가지 속은 살아있다. 이하나의 희망으로 살려보자 싶다. 식물은 우리가 생각하는 것보다 훨씬 강하니까. 무거운 화분을 비닐에 꽁꽁 싸서 한여름에 지하철을 타고 집까지 왔다. 팔이 끊어질 듯이 저리고, 땀으로 흠뻑 젖었지만, 오히려 마음은 가볍다. 이제 너를 살릴 수 있겠구나 싶어서. 빨리 해를 보여주고 신선한 바람을 맞게 해주고, 그동안 모자랐던 시원한 물을 실컷 마시게 해주고 싶었다. 애니시다는 죽은 가지 버리고 해가 잘 드는 곳에 자리했다. 죽을 가지를 다 쳐낸 모습을 보니 살아날 수 있을까라는 걱정이 든다. 내가 괜한 오기를 부리는 게 아닌가 싶었다. 매일 아침저녁으로 물을 줬다. 여름이라 한낮에는 더울까 해뜨기 전 새벽, 해 지고 난 저녁 그렇게 매일 물시중을 들었다. 누가 내 모습을 본다면 죽은 식물에 계속 물을 준다며 걱정했을 것이다. 나는 이렇게 누가 보면 바보라고 할 짓을 해봤다.

마른 줄만 알았던 가지에서 새싹이 올라왔다. 드디어 새로운 싹이 올라왔다. 새잎 하나가 올라오니 하루가 다르게 매일 새순을 올린다. 이제야 숨통이 트이는지 애니시다는 빠르게 본모습을 찾아갔다. 결국 그해 가을에는 전 주인도 알아보지 못할 정도로 풍성하고 빛이 나는 모습으로 새롭게 태어났다. 살아줘서 고마운 애니시다. 감격스러워 눈물이 난다기보다는, 기뻐서 웃음이 났다.

물론 모든 식물이 이렇게 기적처럼 본모습을 찾아 빠르게 살아나진 않는다. 그래도 잠깐의 실수로 혹은 방심으로 식물이 죽었다면, 아니 죽어버렸다는 의심이 든다면 마지막으로 딱 한 번 모든 방법을 시도해 보자. 의심이 사실이 된다면 그때 놓아주어도 괜찮다.

그것이 죽어가는 식물이든,

내 안에서 죽어가는 무엇이든.

진흙 속에서 피어나는 꽃

7~8월은 연꽃의 개화 시기이다. 6월 중순이 된 꽃시장에서는 벌써 개화된 연꽃이 아름다운 자태를 뽐내며 자신을 한껏 사랑해 줄 주인을 기다리고 있다. 연꽃은 신성, 순결을 상징하는 꽃이다. 이는 진흙에서 싹을 틔워 자라면서도 더러움 하나 묻지 않고 아름답고 화려하며 향까지 좋은 꽃을 피우기 때문이다. 또한 부처님의 탄생을 알리려 태어났다고도 전해져 불교를 대표하는 꽃이기도 하며, 불교에서는 연꽃을 극락세계를 의미하기는 상징으로도 여겨진다. 이런 사실을 알고 연꽃을 보게 되면, 연꽃의 대단함에 감탄하며 연꽃을 다시 한번 바라보게 된다.

우리는 흙수저와 금수저로 나뉜 세상에 살고 있다. 이제 개천에서 용 난다는 옛말이라며 비웃는다. 남들 눈치를 보며 내가 진정 원하는 것을 말하지 못하고, 속으로 삼킨다. 혹여나 나의 가치관이나 생각이 다수의 의견에 반대될까 조용히 묻어둔다. 강자가 약자를 괴롭혀도 나서지 못하고, 나에게 불똥이 튈까 뒤돌아선다. 가난하게 태어났거나, 가족이 없거나, 가족이 있더라도 가족이 아니거나, 친구가 있거나 없거나, 내가 처한 현재 상황이나, 남의 의견, 평가가 우리를 더럽히려 한다.

이런 진흙탕 같은 세상 속에서도 연꽃처럼 나의 가치와 존재를 더럽히지 않고 굳건하게 지키다 보면, 우리는 누구보다 아름답고 향기로운 연꽃이 될 것이다. 진흙 속에서 나를 괴롭히고 더럽히려 안달이 난 주위 환경들이나 사람들은 결국 진흙 속에서 새파란 하늘을 향해 뻗어있는 나의 하얀 꽃잎을 부러워할 것이다.

나를 힘들게 했던 짙은 어둠은 나의 하얀 연꽃을 더욱더 밝혀주는 배경일 뿐이다.

까칠한 척을 하는 여린 사람

밍크 선인장은 보기만 해도 부드러울 것 같은 하얀 밍크를 두른 모습을 하고 있다. 밍크를 만지듯이 매끄럽고 부드러울 것 같지만, 섣불리 밍크 선인장의 밍크를 만지는 순간 생각과는 다르게 손 끝으로 느껴지는 얇고 뾰족한 가시의 따가움에 고통이 온다.

밍크 선인장은 밍크처럼 부드러운 털처럼 보이는 아주 가느다란 가시가 빼곡히 둘러있기에 가시가 살에 닿는 순간 따끔한 아픔을 느끼게 된다. 사실 밍크 선인장은 우리나라에서 밍크를 닮았다 하여 붙여진 이름이다. 밍크 선인장의 이름은 백섬 선인장이며, 백섬 선인장이 철화되어 넓찍한 부채모양이 된 것이 '백섬 철화 선인장', 즉 우리가 흔히 볼 수 있는 밍크 선인장이다.

밍크 선인장과 같이 함부로 겉모습으로 무언가를 판단하는 것은 나에게도 상대에게도 위험하다. 가시에 찔려 버린 사람도, 갑자기 공격받은 선인장도 동시에 상처를 입는다. 겉으로는 날카롭고 두꺼운 가시를 가지고서는 딱 봐도 '건드리지 마'라고 말하는 듯한 모양의 식물도 있다. '흑룡각'이라는 다육식물 종류의 식물이다.

찔리면 바로 큰 상처가 날 것만 같은 모습을 한 흑룡각은 우리가 생각하는 것과 반대로 저 뾰족한 가시는 공격성이 하나 없이 아주 부드럽고 유연하다. 또한 저 거친 모습에서 아름다운 벨벳 느낌의 꽃도 피워낼 줄도 안다. 이 흑룡각의 꽃은 나도 정말 의외였는데, 꽃을 피울 틈 하나 보이지 않는 모습에서 충분한 해를 보여주고, 필요한 만큼의 물을 주니 가시 사이로 꽃망울을 올리고서는, 자신도 쑥스러운지 어느날 몰래 꽃을 피웠다.

나 또한 섣부른 판단을 최대한 줄이며 세상을 바라보려 노력하는 중이었음에도 불구하고, 깊숙이 박힌 나의 편견은 이렇게 또 오해를 일으킨다. 흑룡각을 보며 편견 없이 살고 있다고 자부하는 나를 다시 되돌아본다. 흑룡각에게서는 꽃을 기대조차 하지 않았으며, 그 꽃이 저렇게 아름다울 줄 생각도 못 했기 때문이다. 잘못된 오해와 편견을 내보인 사람들이 흔히 하는 변명을 해본다.

"그렇게 생기지 않아서 몰랐어."
"그렇게 안 생겼는데 의외네."
"그럴 줄 몰랐어."

자신을 상처 주는 세상과 사람에게서 자신을 보호하기 위해, 여리고 여린 속살을 지키기 위해 따갑지도 않은 가시를 더욱 크게 세운다.

어떤 이들은 자신의 편견을 내세우기 전에 직접 겪어볼 시도조차도 하지 않는다. 보이는 겉모습과 몇 마디의 말로 편견에 가득 찬 자신만의 판단을 내린다. 의도하지 않게 겉모습으로 낙인이 찍혀버린 당사자들은 섣불리 판단되어 정해지는 자신의 모습을 억울해한다. 하지만 여린 그들은 차마 부정하려는 변명조차 하지 않는다. 우리는 그들의 속사정을 알지도 못한 체 겉으로만 보이는 모습을 바탕으로 함부로 '부드럽네', '까칠하네'라고 판단할 권리가 없다.

부드러운 밍크의 모습을 한 까칠한 '밍크 선인장'과, 까칠해 보이지만 여린 '흑룡각'. 이 둘은 어떠한 방법으로도 자신을 스스로 지키기 위해 온몸에 가시를 둘러야 살아남을 수 있었다.

어린 백섬 선인장 (사진: 나)

흑룡각, 그리고 그의 꽃 (사진: 나)

선인장은 사실, 물을 좋아한다

대부분의 사람들은 물을 주지 않아도 죽지 않고 살아가는 선인장을 키우기 쉬운 식물이라고 생각한다. 물론 틀린 말도 아니며 틀린 생각도 아니다. 하지만 선인장의 속사정은 우리가 알 수 없다. 물을 찾기 어려운 사막에서 살아남기 위해 진화된 선인장은, 사실 물을 좋아하는 식물이다. 다만 거칠고 메마른 사막이란 환경에서 살아남으려, 그 무엇보다 악착같이 버티는 중이라는게 더 맞는 표현이라 할수 있겠다. 나는 이 선인장의 처연한 사연을 좀 더 많은 사람들이 알아줬으면 한다.

선인장은 우리가 잘 알고 있듯이 사막에서 자라는 식물이다. 비가 잘 내리지 않는 사막에서 살아남기 위해 자신의 몸에 최대한 많은 물을 저장한다. 물이 부족한 선인장은 맨

비를 맞고 통통해진 용신목 선인장 (사진: 나)

눈으로 봐도 비쩍 말라 있고, 물을 주고 하루 정도 지나면 비쩍 말라 있던 몸이 다시 물을 머금어 통통해져 있다. 그렇기에 건강한 선인장을 만져보면 단단하고 색이 짙으며, 잘라서 그 내면을 보면 세포 하나하나에 수분이 가득하다. 이와 달리, 안쓰럽지만 죽어가는 선인장은 표면이 물러있고, 피부는 쪼그라들었으며, 슬프게도 내면은 썩어있다.

선인장을 보면 안쓰럽다. 살아남기 위해 좋아하는 것, 즉 물을 절제해야 한다. 목마르다며 물을 달라고 티를 내는 식물이 있는가 하는 반면에, 선인장은 그런 약한 모습을 조금이라도 내보이지 않는다. 그뿐만 아니라, 스스로를 보호하기 위해 온몸에 뾰족한 가시를 둘러야 한다. 그럼에도 기특하게도 선인장은 추위에도 더위에도 잘 버텨주고, 혹여나 상처가 나면 선인장의 상처는 그 어느 부분보다 단단하게 아물어 작은 생채기도 허락하지 않는다. 또한 선인장은 자신의 한 부분이 썩어가는 도중에도 포기하지 않을 만큼 강인하다. 썩은 부분을 제거해 준다면 선인장은 잘린 부분에 튼튼한 상처를 안고서 다시 힘차게 살아간다.

이러한 이유로, 나는 선인장을 가장 애정하고 사랑하지만, 선인장을 볼 때마다 선인장 같은 사람은 되지 말자고 다짐한다. 나의 한계를 넘어 버틸 수 있을 때까지 버티지 않고, 물이 고프면 고프다고 티도 내고, 뾰족한 가시를 온몸에 둘러 나에게 다가오는 사람들 찌르지 말아야지 한다. 선인장처럼 겉은 그대로인 것 같아 보여도 속이 물러서 썩어버릴까 봐 두렵다.

키우던 용신목 선인장이 과한 습도로 인하여 윗부분이 물러져 버렸다. 선인장을 살리기 위해서는 과감히 선인장을 잘랐어야 했는데, 나는 반 이상이 잘려야 하는 선인장을 차마 자르지 못했다. 시간이 흐르며 선인장은 점점 더 많은 부분이 썩어갔다. 썩은 부분을 완전히 도려내지 않으면 전체를 잃을 수 있다는 말을 듣고는, 나는 내 손으로 절반 이상의 선인장을 잘라냈다.

잘려진 선인장 단면은 너무나 여리고 깨끗했다. 선인장의 단면이 갑자기 화상을 입지 않게 그늘에 일주일 정도 말리며 적응을 준 후에는, 다시 해가 가장 잘 드는 곳에 놓아준다. 그렇게 몇 주가 지나면, 그렇게 여리고 깨끗했던 선인장의 단면에는 굳은살이 박인 것처럼 더 단단한 보호막이 생긴다. 더 이상 자라지 않을 것 같던 선인장은 잘린 단면을 뚫어 경이롭게도 새로운 새끼를 키워낸다. 선인장은 보란 듯이 큰 상처를 안고서도 가장 굳세며 위엄스럽다.

미안해, 그리고 고마워 (사진: 나)

나를 만나서

식물을 선물한다는 것

나는 외동으로 자라서 '내 것'과 '네 것'이 확실했고, 욕심 많고 이기적이었다. 모든 부분에서, 누구에게나. 식물을 키우다 보면 나와 같이 식물을 좋아하는 사람이 좋고, 이제 막 식물에 관심을 가지기 시작하는 사람과 대화하는 것이 즐겁다. 그럼 나는 당신의 성격이나 언급했던 식물을 기억해 두었다가 그에 맞추어 식물을 선물하는 걸 좋아한다. 식물을 선물한다는 것은 쉽게 생각할 일이 아니다. 상대의 취향, 생활 패턴 그리고 성격도 생각해야 하며, 환경도 고려해야 한다. 식물을 둘 자리가 없거나, 정 식물을 키울 수 없는 환경의 사람이라면 내가 직접 키운 허브를 수확하여 선물한다. 내 키만큼 자란 유칼립투스를 다발로 선물하거나, 직접 씨앗을 심어 재배한 바질이나 로즈메리를 수확하여 신선한 허브를 선물한다.

비 오는 날 여름 날 수확한 피나타 라벤더 (사진: 나)

허브가 주는 향기로운 상쾌함에 당신은 잠시라도 웃는다. 나는 그 여유와 기쁨이 좋다. 식물이 당신 품으로 들어온 날로부터는 항상 앞만 보고 걸어가기 바빴던 아스팔트 도로 한복판 길가 옆에는 항상 있던 꽃이 이제 고개를 들어 노란 꽃을 피운 것이 보인다. 무심코 지나가던 골목 안 어느 대문 앞에는 집주인들이 심어놓은 파나, 상추 같은 귀여운 채소들이 눈에 들어오며, 봄이 오면 겨울 내내 앙상했던 가지에서 조그마한 새싹이 당신에게 인사한다. 여름이 지나 가을이 오면 여름 내내 푸르렀던 나뭇잎들이 아름다운 색으로 물든 것을 느낄 수 있다.

이렇게 당신의 삶에 초록이 들어오며, 여유가 생긴다. 식물을 선물하며, 당신 삶의 잠시라도 따뜻한 여유로움과 새로움, 그리고 행복이 같이 전달되길 간절히 바란다.

괜찮다 하더라도

식물을 키우다 보면 화분이 처음엔 하나에서 두 개로 두 개에서 세 개로 늘어간다. 그러다 보면 남들이 가지고 있지 않는 희귀 식물 같은 구하기 어렵고 값비싼 식물에 눈이 간다. 나 또한 한창 희귀 식물에 빠져있을 때가 있었다. 틸란드시아 종류 중 하나인 스트라미네아(Tillandsia Straminea)는 나의 희귀 식물 중에서도 가장 아름답고 향기로운 식물이었고, 당시에는 내가 가진 식물 중 가장 비싼 몸값을 자랑했으며, 가장 쓸쓸하게 보낸 식물 중 하나이다.

하루에도 수십 번씩 들어가던 식물 판매 사이트에서 틸란드시아 스트라미네아를 판매할 예정이라는 공지가 올라왔다. 당연히 한정 수량에, 판매하는 시간도 정해져 있는 식물계의 티켓팅 같은 순간이었다. 판매 당일에는 판매 창이 열리는 오픈 시간까지 알람을 맞춰놓고 손을 덜덜 떨며 새로고침만 계속 눌렀고, 결국 나는 아름답고 향기로운 나의 첫 스트라미네아를 만날 수 있었다.

소중하게 포장되어 도착한 스트라미네아는 내 방에서 식물이 가장 자라기 좋은 상석(바람이 잘 통하고 해가 잘 드는) 자리를 차지하였고, 매일 눈뜨자마자 보이는 나의 스트라미네아는 말 그대로 행복이자 위안이었다. 사진에서 보이는 분홍색의 스트라미네아 꽃들은 세상 그 어떤 향기보다 아름다운 꽃향기를 선물해 준다. 작지도 크지도 않은 나의 작은 방 창문으로 들어오는 바람에 퍼지는 스트라미네아 향기는 향기롭다기보다는 말 그대로 보이지 않는 아름다움이었다. 머리맡에 두었던 스트라미네아 꽃향기는 여름밤 살랑살랑 불어오는 밤바람을 타고 들어와 지독한 불면증을 겪는 나에게 마치 부드러운 자장가를 불러주듯이 함께해 준 식물이었고, 아침이면 도시 한복판에서 꽃향기로 잠을 깨워주는 동화 같은 식물이었다. 동화는 역시 동화일 뿐이었을까? 나의 아름다운 식물은 일주일도 채 되지 않아 꽃이 말라가기 시작했다. 속이 타서 스트라미네아를 판매한 판매자님께 연락을 하니, 아래 사진을 보시고는 꽃이 피고 진 후 자연스럽게 시드는 현상이라 답변해 주셨다. 나는 두 번 확인할 생각을 하지 않고 판매자님의 답변만 굳게 믿었다. 아름다운 색을 잃어가는 스트라미네아. 이때라도 아픈 걸 알았으면 좋았을 걸. 거기서 나는 다시 물어봤어야 했다. 꽃이 피지 않고 봉우리만 지었는데도 시드냐고 따져 물었어야 했다. 나의 경험과 의심을 다시 한번 밀고 나갔어야 했다. 이후 꽃대마저 마르기에, 식물 본체에 영향을 줄까 봐 그렇게 아름답고 향기로웠던 꽃대를 내 손으로 잘라냈다. 나는 스트라미네아를 살려야 했다. 속상한 마음으로 하엽을 정리하며 잎 한 줄이라도 살려보려 끝까지 뜯어보고, 그 속에서 자리 잡고 곧 태어날 새끼 자구까지도 뜯어봤지만 겉은 멀쩡해 보이던 스트라미네아의 속은 이미 시커멓게 썩어있었다. 가슴이 철렁했다. 꽃은 시들어 보였지만 잎은 괜찮았었는데 속은 저렇게 썩어가고 있었다니. 아팠을까? 식물은 아픔을 못 느낀다고 하지만 그래도 살아있는 생명이다. 남들이 보기에는 죽었다고 생각한 식물들도 꾸준한 관심과 충분한 햇빛, 물만 있으면 언제 그랬냐는 듯 새잎을 보여준다. 나는 마지막까지도 스트라미네아에게 그런 희망을 품고 있었다. 속까지 썩어버려 살릴 수 없다는 걸 알았을 때 나는 절망했다. 짧지만 나에게 잊지 못할 행복과 평안을 주었던 스트라미네아를 가슴 아프게 보냈다. 마치 그 모습이 나와 같아 보였다. 속이 썩어 문드러져 가도 괜찮아 괜찮아했던 나. 혹은 나처럼 참고 참았을 내 주위 사람들. 괜찮다고 해도 다시 한번 확인할 걸, 괜찮아 보여도 다시 한번 확인할 걸. 나에게 잊지 못할 기억과 감정을 남겨준 스트레미네아는 결국 그렇게 내 손을 떠나버렸다.

이후 나는 스스로 나를 속여가며 말하는 '괜찮아'라는 위로를 더 이상 믿지 않는다. 마치 마법처럼 모든 걸 지워버릴 것만 같은 단어 '괜찮아'는 오히려 '괜찮지 않을 때' 더 많이 하는 말이기 때문이다.

식물이 느리게 자라는 이유

일주일에 새잎을 한 장씩 올리는 식물이 있는 반면에, 어떤 식물들은 몇 달 동안 죽은 듯이 꿈쩍하지 않는다. 아무리 기다리고 기다려도 새잎이 나올 작은 틈조차 보이지 않는다.

무섭게 빨린 자란다는 식물 중 하나인 몬스테라는 이상하게도 나에게로 온 후 몇 달째 성장을 멈추었다. 몬스테라는 열대지역의 식물이라 우리나라의 봄부터 여름까지 하루가 다르게 성장한다. 장마 기간에는 높은 습도에 신이 나자고 일어나면 매일 조금씩 커가는 모습을 볼 수 있다. 또한 몬스테라는 대표적인 음지식물이기도 해서 빛이 없이도 잘 자라 실내 인테리어 식물로 근 몇 년간 가장 사랑받는 식물이다. 이런 몬스테라들이 한창 성장할 여름이 되자, 몬스테라를 키우는 사람들은 여기저기 새 잎을 내고, 멋지게 뻗어나가는 자신의 몬스테라들을 자랑하기에 바쁘다. 내가 보아도 탐스럽고 아름다워 질투가 났다.

이 와중에 나의 몬스테라만 뒤처지는 것 같아 불안했고, 다른 사람들과 다르게 내가 무언가 잘못하고 있는 것만 같아 초조했다. 동남아와 비슷하게 습한 환경을 좋아하여 매일 분무를 해주고, 관엽식물에 좋다는 영양제도 아낌없이 줘본다. 이러한 노력에도 눈에 띄게 달라지는 것은 없었다. 나의 몬스테라는 그 모습 그대로였다. 그렇게 나는 실망하고 좌절했다. 이렇게 몬스테라에만 신경을 쓰다 보니 내가 가진 다른 식물들에는 상대적으로 관심을 덜 줄 수밖에 없었는데, 정신을 차리고 보니 어떤 식물은 이미 나 몰래 새순을 틔웠고, 자리가 없어 저 구석 한편에서 묵묵히 자리를 지키던 필로덴드론 버킨은 목이 마르다며 잎을 말리고 있었다. 마른 줄기를 정리해 주고, 먼지가 쌓인 잎을 닦아 주자 그 어떤 모습보다 더 반짝인다. 나는 남들과 다른 속도로 성장하고 있는 몬스테라가 나와 같이 보였던 것일까? 그래서 그렇게 불안하고 초조하 였던 것일까.

그렇게 남들과 다른 나의 몬스테라의 성장에 대한 불안을 버리고 다시 나의 자리로 돌아와 꾸준하게 물을 주고, 환기를 해주고, 빛을 쐬어주니 몬스테라에서 작고 작은 새순이 올라왔다. 나의 몬스테라도 보이지 않는 흙 속에서 튼튼한 뿌리를 퍼트리고, 그와 동시에 열심히 새 잎을 준비하고 있었을 텐데, 나는 어리석게도 남들의 몬스테라와 같은 속도로 새잎을 내주지 않는다고 안달 내고 재촉했다. 시간이 갈수록 불안하게 쳐다보는 나의 눈빛과 비교의 소리는 귀가 없는 몬스테라에게도 들렸을 것이다. 나의 몬스테라의 새순을 막고 있던 건 나의 걱정이었다. 나의 숨 막히는 근심과 걱정은 묵묵히 자신의 성장 속도로 자라고 있던 몬스테라의 성장에 방해만 되었을 뿐이다.

항상 그 자리에서

초여름 어느 날, 옥상에 자리한 식물들을 살피려 옥상에 들어섰는데 옥상 구석 화단에 심긴 나무 한 그루가 있었다. 그해 봄부터 그 나무를 발견하기까지 적게는 매일 한 번, 많게는 하루에도 서너 번을 들락날락했는데 이미 내가 오기 몇 년 전부터 자리를 잡고 있어 보이던 키가 족히 2미터 이상은 되어 보이는 나무가 있다.

매번 옥상에 들어서자마자 자 정신없이 새로 들여온 식물들을 정리하고, 그동안 식물들이 얼마나 자라 있었나 확인하기에만 바빴던 나를 비웃기라도 하듯이 떡하니 2미터가 넘는 큰 키로 조용히 옥상 한구석에서 자신의 자리를 지키고 있던 키가 큰 그 나무. 나도 모르게 홀린 듯이 나무에 다가가 작업용 밀짚모자를 벗어 고개를 젖혀 들고 나무를 바라보니, 키가 큰 그 나무는 분홍의 꽃봉오리를 가득 안고 시원하게 나를 내려보고 있었다. 수십 번 왔다 갔다 하며 다른 식물들에게 물을 주고 영양제 챙겨줄 때, 나는 키가 큰 그 나무에게 물을 한번 준 적도, 말라가는 잎을 정리해 준 적도 없었다. 누구도 찾아오지 않는 옥상에서 혼자 추운 겨울을 보내고, 눈과 칼바람을 맞으며 누구보다 봄을 기다렸을 키가 큰 그 나무. 마침내 찾아온 봄을 맞아 아름답고 탐스러운 꽃망울 가득 달아 놓고는, 이제 그 꽃망울을 피울 준비를 하고 있었다. 그리고 그 나무 아래 내가 있었다.

또 마침 초여름 하늘과 바람은 어찌나 맑고 청량한지 해가 지는줄도 모르고 키가 큰 그 나무 아래서 한참을 서있었다. 이제 내가 옆에서 너의 겨울이 마냥 춥지만은 않게 옷을 입혀주고, 혼자 외롭지 않게 말동무가 되어줄게. 그리고 네가 누구보다 치열하게 버텨 피워낸 꽃들을 누구보다 내가 사랑해 줄게. 그렇게 나와 첫 만남을 가진 키가 큰 그 나무는 꽃망울을 달고 며칠이 지나가 소중하게 품고 있던 어여쁜 꽃망울을 하나둘씩 피워내기 시작하더니, 절정으로 만개한 키가 큰 나무는 초록잎이 보이지도 않을 만큼 분홍 꽃을 가득 채운 그 무엇보다 아름다운 배롱나무가 되어 있었다. 옥상 구석에서 키만 크고 앙상했던 나무 한그루가, 보석 같은 꽃들을 피워내는 생명이 되었다.

키가 큰 그 나무에서 어엿한 자신의 이름을 찾은 배롱나무는 자연의 이치에 따라 비를 기다리고, 꽃망울을 맺고, 때가 되면 아름다운 분홍의 꽃을 만개한다. 혹여 봄에 심한 가뭄이 들면 그해 여름은 꽃망울이 기대했던 바와 달리 가득 달리지 않았을 수도 있다. 혹여 그해 여름 예상치도 못한 강한 태풍이 불면 열심히 피워온 꽃들을 보여주지도 못한 채 거친 비와 바람에 자신이 품어온 아름다운 꽃잎들이 처참하게 바닥에 떨어진 채 비에 젖은 모습을 지켜봐야 할지도 모른다. 키가 큰 그 나무였던 시절처럼 다시 겨울을 맞이하고, 봄을 위한 꽃봉오리를 준비할 것이다.

가끔 내가 너무 초라하고 보잘것없어 이 세상에서 아무 존재도 아닌 것 같을 때, 나는 키가 큰 그 나무인 배롱나무를 기억한다.

지금 나는 춥고 외로운 겨울을 버티는 중이야,
곧 다가올 봄이 오면 누구보다 꽃망울을 가득 달 거고,
누구보다 가장 이쁜 꽃을 피울 거야.

이제야 항상 그 자리에 있던 배롱나무와 꽃이 보인다. 봄이 되면 어김없이 꽃을 피워주고, 여름이 되면 푸른 잎을 넓게 펼쳐 시원한 그늘 을 만들어준다. 가을이 되면 혹여 쓸쓸할까 아름다운 색으로 물들어 세상을 다시 한번 아름답게 만들어준다. 혹독하고 추운 겨울에도 나를 혼자 두지 않고 앙상한 가지들에 흰 눈을 쌓아 따뜻하게 안아준다. 겨울이 지나 또다시 봄이 오듯, 항상 그랬듯이 그 자리에 있었다. 어김없이 올해도 아름다운 꽃을 피워주고, 따듯한 봄 같은 위로를 준다.

우리는 어리석게도 잃고 나서야 깨닫는다.

항상 그 자리에 있었던 것들을.

누군가 그랬다.

'다시 사랑할 기회가 온다면,

예전보다 더 최선을 다하겠노라 다짐하였다.'라고.

그리고 나 또한 다시 굳게 다짐하였다.

꽃망울 가득 안은 배롱나무 (사진: 나)

배롱나무 꽃이 만개하다 (사진: 나)

식물도 나도 매일 자란다

끝이 보이지 않는 기다림은 나를 지치게 만들고 무기력하게 만든다. 식물을 키우는 것 또한 기다림의 연속이다. 씨앗을 심었다면 보이지 않는 흙속에서부터 싹이 틀 때까지 발아를 기다려야 하고, 그 기다림 끝에 싹이 터 발아 한다면 이제 여린 새싹이 식물의 형태를 갖출 때까지 기다려야 한다. 겨우 틔운 새싹이 마르거나 잎을 틔우지 못한다면, 나는 또다시 처음부터 끝 모를 기다림을 다시 시작한다. 결국 기다림은 반복되며, 다시 출발선으로 돌아와야 한다.

이 과정이 힘들고 어렵기 때문에 우리는 보통 꽃시장이나 동네 꽃집에서 이미 키워진 화분을 산다. 이미 우리는 식물의 형태를 갖춘 화분을 들여놓았기 때문에 기다림이

끝났다고 생각하지만, 여기서 우리는 또다시 기다림을 겪어야 한다. 때맞춰 물을 주고, 성장에 방해되는 가지를 쳐준다. 하루가 지나고, 몇 주가 지나면 우리는 기다림의 연속에서 새잎이라는 기다림이 준 기쁨을 얻는다.

결국 나의 삶과 식물을 키우는 것은 기다림은 연속이지만, 이 중 헛된 기다림은 없다. 기다림 속에서도 하루를 버티는 힘을 키우고, 새잎을 낼 자리를 만든다. 나도 식물도 기다림 속에서 성장한다. 기다림의 끝에서는 꽃이 피고 열매가 맺어졌다. 지금 당장 눈에 보이지 않을 뿐, 열심히 물을 주고, 해를 보여주면 그에 보답하듯 꽃과 열매를 보여준다. 나의 삶에도 열심히 물을 주고, 해를 보여주다 보면 꽃을 보여 줄 것이다. 보이지 않는 저 깊은 흙 속의 뿌리가, 줄기 아래 꽃봉오리가 지금은 기다림에 가려져 보이지 않을 뿐이다. 이렇게 식물도, 나도 매일을 온 힘을 다해 자란다.

보내줘야 새로 온다

식물의 아래 잎이 변색이 되어 떨어지는 데 문제가 뭔지 모르겠다며 주변 지인이 물었다. 물론 식물마다 원인은 다르겠지만 보통은 식물 사진을 본 후 답변을 해주는데, 원인 대부분은 식물의 아래쪽에 자리 잡은 헌 잎이 자연스레 지는 현상들이었다. 이러한 현상을 '하엽 진다(식물의 가장 아래쪽 잎이 떨어지는 현상)'라고 한다.

내가 키우던 상처 많은 고무나무가 하엽을 질 준비하고 있다. 식물도 살아있는 생명인지라, 시간이 지남에 따라 자연스레 시들고 죽는 잎이 생긴다. 가을이 되면 여름에 새파랗던 잎들이 낙엽이 되어 바닥으로 떨어지듯이, 실내 식물들도 수명이 다한 잎들을 떨어뜨려 새로운 계절을 준비한다. 식물의 잎이 지고 나면, 식물은 그 자리를 채우려 새잎을 올린다. 나는 하엽이 질 때마다 새잎이 나오겠구나 하면서 설레다가도, 괜히 하엽지는 잎과 헤어지는 것처럼 느껴져 마음이 먹먹하다. 내 마음 따라 억지로 하엽을 붙잡고 보내주지 않으면, 식물은 떠나보내야 할 잎도 유지해야 한다. 동시에 새잎을 내야 하므로 많은 소모하지 않아도 될 에너지를 낭비한다. 싫다고 잡아둘 수 있는 것도 아닐뿐더러, 억지로 붙잡고 있는 것은 나의 탐욕이다. 하엽을 보내줘야 고무나무는 새잎을 낼 수 있고, 무거운 잎들을 버티고 있는 나무의 목대를 더욱 튼튼하게 단장시킬 수 있다. 하엽은 보기에도 힘이 없다. 색이 바래고 곧 떨어질 것같이 아슬아슬하다. 겨우 몸을 붙이고 버티는 하엽지는 잎이 힘에 겨워 보여 손으로 살짝 건드리니, 아니나 다를까 기다렸다는 듯이 툭하니 떨어진다. 너무 쉽게 떨어진 잎은, 자신이 할 수 있는 임무는 모두 끝낸 것처럼 후련해 보인다.

보내줘야 새로 온다.

그것이 사람이든, 미련이든 혹은 기억이든.

멈춰버린 계절의 중간에서

　끝나지 않을 것만 같던 뜨거운 여름이 지나간다. 덥고 습한 공기 때문에 숨이 턱턱 막히고 여름이 빨리 지나 시원한 날을 기다리던 때가 엊그제 같은데, 시간은 누구보다 부지런히 움직여 결국은 마지막이 오게 한다.

　발갛고 노랗게 물든 식물들과 시원한 공기와 하늘이 가을을 알린다. 낮이 따듯하고 저녁이 추운 일교차가 큰 날이 계속되면, 식물들은 수채화처럼 천천히 아름다운 색으로 물들기 시작한다. 이는 식물들이 가지고 있는 초록색의 색소 아래 숨어있던 색들이 일교차에 의해 천천히 모습을 드러내는 원리인데, 나는 오로지 이 짧은 찰나에 볼 수 있는 단풍을 참 좋아한다. 이는 유명한 산지나, 가로수의 나무들뿐만 아니라 우리 주위에 있는 모든 식물들이 겪는 현상이

며 우리가 생각하지 못하는 선인장과의 다육이들도 가을에
는 아름다운 색으로 물들어 간다.

식물을 키우다 보면 가장 예민해지는 감각이 날씨와 계
절이다. 일어나자마자 날씨 어플에서 오늘의 최저 온도, 최
고 온도 그리고 습도와 강수확률과 강수량을 확인한다. 온
도가 너무 높거나, 습도가 높은 폭염에는 더위에 취약한 식
물들을 그늘로 옮겨줘야 하고, 뜨거운 해가 잠시 자리를 비
운 여름비가 오는 날에는 혹여라도 빗물이 뿌리까지 닿지
않을까 확인하며, 강수량에 따라 물을 또 줘야 하는지 확인
한다. 이렇게 여름을 보내고 가을이 올 때쯤이면 최저온도
와 최고온도가 하루하루 바뀌는 것에 촉각을 곤두 세운다.
이렇게 가을을 맞이할 준비를 한다.

나는 나에게만 오는 것 같은 힘듦을 가끔 이렇게 바뀌
는 계절에 비교한다. 고통은 계절과 같아서 막상 한 여름을
겪을 때나, 한 겨울을 겪을 때에는 마치 그 계절 안에서 갇

힌 것만 같다. 절대 이 여름은 지나지 않을 것 같고, 매일매일이 덥고 힘이 든다. 한 겨울 한파 속에서는 춥고 어두운 날 속에 갇혀 절대 밖에 나가고 싶지도, 이불속에 움츠리고만 싶다. 나가는 것이 어느 때보다 두렵다.

이렇게 계절이 변하며 따스한 봄이나, 청량하고 시원한 바람이 부는 가을이 오면, 마치 새로운 사람이 된 듯한 기분이 든다. 아쉽고 슬프게도 이러한 행복은 그 어느 날보다 짧다. 마치 다 느껴보지도 못한 것 같은데, 벌써 폭염이나 한파가 눈앞에 다가와 나를 다시 어둠으로 끌고 간다. 계절과 비슷한 나의 고통은 길었고, 행복은 짧았다. 식물과 함께 바뀌는 계절에게 배운 점은, 고통과 괴로움은 결국 끝이 난다는 점이다.

한풀 꺾인 여름의 시간이 지나 자연스레 가을이 오듯, 나의 괴로웠던 시간과 함께 떠나 이제는 시원한 가을의 문턱에서 지난 여름의 고통을 별것 아닌척 쳐다본다.

결국, 행복.

추운 겨울을 보내야지만 피는 꽃

식물들이 성장을 멈추고 잠시 쉬어가는 겨울이 가드너들은 한 숨 여유로워진다. 그렇다고 마냥 시간을 보내며 놀 수만은 없다. 내년 봄에 피울 식물들을 겨울 동안 미리 준비해 놓고, 발아가 오래 걸리는 씨앗들을 미리 실내에서 심어 싹을 틔울 준비를 해놓기도 한다. 그 중 가장 중요한 작업은 꼭 추운 겨울을 보내야만 꽃을 피우는 양파와 꼭 닮은 겨울 구근들을 미리 땅에 심어놓는 것이다. 나는 씨앗을 준비하고 구근을 미리 심어두는 이 두 가지 작업을 좋아한다. 추운 겨울을 버틸 수 있는 유일한 즐거움이기 때문이다.

우리가 아는 겨울 구근 꽃들은 대표적으로 튤립과 히야신스, 프리지아, 수선화 등 우리가 아는 봄을 대표하는 향기로운 꽃들이다. 이런 아름답고 향기로운 구근들이 꽃을 피우고 난 후에도 계속 심어둘 정원이 있다면 더할 나위 없이 좋겠지만, 물리적으로 공간의 한계가 있는 가드너들은 꽃이 핀 후 땅에서 구근들을 수확하여 건조한 곳에 반년 정도 보관해 둔 뒤에, 월동 준비를 끝내고 난 후 다시 정원이나 화분에 수확해 둔 구근들을 심어준다.

　이런 겨울 구근들을 이 차가운 겨울 땅에 심는 이유는, 겨울 구근들은 일정한 추위에 노출되지 않으면 꽃을 피우지 않기 때문이다. 땅속에서 차가운 겨울을 보내고 나면, 날씨가 따뜻해지는 초봄부터 싹을 틔운다. 그리고 완전한 봄이 되면 향기롭고 아름다운 꽃을 피운다. 그래서 봄이 되면 우리는 어디선가 불어오는 바람에 향기로운 꽃향기를 맡을 수 있고, 눈을 돌리면 보이는 아름다운 꽃들로 봄이 왔음을 알 수 있다.

　재밌는 사실 중 하나는, 만약 겨울 구근들을 봄이 아닌 여름이나 그보다도 더 늦게 피우기 위해 시기를 조정해서

봄을 알리는 히야신스의 꽃 향기 (사진: 나)

심고 싶다면, 구근들을 겨울에 심지 않고 보관해 두었다가 원하는 시기에 맞춰 냉장고에 넣어두어 가짜 겨울을 보내고나게 한 후 심으면 내가 원하는 시기에 꽃을 볼 수 있다.
사진

이렇게 겨울 구근들은 추운 시간을 보내야지만 꽃을 피운다. 참 억울하다. 편하고 따듯한 곳에서만 자라고 싶은데, 겨울을 겪어야지만 꽃을 피울 수 있다. 그렇게 버티고 견뎌 피운 꽃들은 개화 후 일주일 이내에 꽃이 지고 만다. 후에 꽃이 지고 난 자리에 남는 것은 초록 잎 몇 장 뿐이다. 또 다른 신기한 사실은 꽃이 진 후에는 더 이상 구근에서는 새 꽃과 잎이 나오지 않는다. 그리고 남은 잎들로 여름을 버티고 버텨 초록 잎이 갈색 잎이 되어 시들고 나면 이제 구근의 할 일은 끝이 난다. 이제 마지막잎 마저 시들어 떨어지면 구근들은 그 자리에서 향기로운 꽃이 피어있는 줄도 모르게 땅속으로 자취를 모두 감춘다. 이 구근들을 조심스레 꺼내어보면 몸집을 키워 더욱더 크게 성장해 있거나, 혹은 그 옆에 조그마한 새끼 구근을 만들어 번식을 해놓은 걸 볼 수 있다. 꽃을 피우는 데에 온 힘을 다하고 있는

줄 알았는데, 그 꽃 아래 흙 속에서 자신의 뿌리이자 몸통을 누구보다 크고 강하게 키우고 있었던 것이다. 아마 이는 다가올 겨울을 더 잘 버티기 위함일 수도, 내년에는 더 크고 많은 꽃을 피우기 위함일 수도 있다. 겨울 구근의 삶을 보면 나 스스로가 반성하게 된다.

내 삶에 가끔 혹은 잠시 찾아오는 겨울을 겪으며 나는 춥고 힘들다며 문을 꽁꽁 닫고, 창문으로 조금의 바람도 들어오지 못하게 닫아버렸다. 그리고 이불 속으로 들어가 몸을 웅크리고 겨울이 지나가기만을 기다렸다. 나가서 바람에 맞설 생각도, 추위에 맞설 생각조차 하지 않았다. 그리고 시간이 지나 겨울이 지나고 난 후에 밖으로 나오면, 아주 약한 바람이나 추위에 버티지 못하고 병이 들었다. 내년 봄 아름다운 꽃을 피워줄 겨울 구근들을 상상하며 나 또한 같이 겨울을 보낼 준비를 한다. 더 이상 춥다고 숨거나 웅크리지 않으며 겨울을 보낼 것이다. 해가 짧아져 어두운 시간이 더욱 길어져도, 어둠과 추위를 무서워하지 않고 당당하게 맞을 것이다.

어느봄 날 (사진: 나)

슬프고 슬플 때나

심리학적으로 사람이 무언가를 얻었을 때 느끼는 감정이 +1이라면, 무언가를 잃었을 때의 감정은 -2.5라고 한다. 그래서인지 사람은 행복했던 기억이 더 많았음에도 불구하고, 괴로웠던 기억을 더 선명하고 오래 기억한다.

나는 내가 불행하다고 생각하는 사람 중 한 사람이었다. 남들처럼 행복하고 평범한 삶은 살 수 없을 것이라고 믿었다. 어릴 적 누군가 '꿈이 뭐야?' 하면 과학자나 의사, 화가와 같은 꿈을 꾸는 나의 친구들과 달리, 어린 나의 꿈은 남들과 같이 평범하게 사는 것이었다. 하지만 그 어린 나이에도 저런 말을 하는 것이 자책스러워서, 나는 겨우 '선생님'과 같은 아주 평범한 대답을 했었다. 고통을 받아들이는 것은 쉽다. 아프다고 소리치고, 도와달라 손을 내미는 것이다. 이는 지극히 자연스럽고 정상적인 방법에도 불구하고, 나는 불안과 슬픔을 꼭꼭 숨기고 숨겼다. 비참한 상황에도 아무렇지 않은 척했고, 괴로워도 아프지 않은 척했다. 식물을 만난 짧지도 길지도 않은 시간을 보내며 나를 행복하게 해주는 것들이 확실해지고 다양해지며, 더욱 선명하게 보였다. 고통은 지금도 나를 괴롭히며 더 큰 슬픔이 언제 다시 나를 찾아올지 모르지만, 이젠 소중한 순간들이 앞장서서 나를 지켜준다. 나는 이제 더 이상 불행이 두렵지 않다. 그리고 행복할 수 있는 시간들을 낭비하지 않기로 했다.

식물을 만난 후 나의 삶이 달라졌다고 하지만서도 이는 나에게 해당하는 사실일 뿐 모두에게 적용되지는 않는다. '식물을 키우면 행복해져요'는 정답이 아니다. 누군가에겐 많은 돈이, 어떤 이에겐 높은 명예가, 다른 이에겐 사랑하는 사람의 존재 자체가 행복이 될 수 있다. 이렇게 행복의 의미는 모두에게 다르게 적용되며, 너무나 광대하고 무궁무진하다.

그래서 나는 누구나 행복할 수 있다고 믿는다.

뜻밖의 슬픔과 기쁨

봄의 시작부터 한파가 오기 직전 겨울까지는 새벽에 식물들이 자리한 옥상에 올라가 물을 주고, 식물을 살폈다. 퇴근 후에는, 집에도 들르지 않고 바로 옥상에 올라가 해가 질 때까지 다시 식물을 봤다. 주말에는 하루에 많게는 다섯 번씩 옥상에 올라갔다 내려왔다 하니, 자연스럽게 옥상은 나의 안식처가 되었다. 슬픈 일이 있으면 그렇게 옥상에 가서 울기도 많이 울었다. 나의 새로운 안식처에서는 눈물을 흘리고, 코를 훌쩍거려도 아무도 무슨 일이냐고 묻지 않았다. 식물들이 옆에 있었고, 한여름 밤 달이 너무 밝게 빛났다. 그 모든 것들이 나를 안심시켰다. 건물 사정으로 옥상에 식물을 키울 수 없게 되어, 이제 나의 안식처인 옥상에는 내가 쓰던 빈 화분 몇 개와 기존 화단에 심어진 배롱나무와 장미 몇 줄기만 남게 되었다. 더 이상 날 반겨줄 식물이 없고, 빈 화분과 흙만 널브러진 옥상에 가고 싶지 않았지만, 예고 없이 찾아온 괴로움에 나도 모르게 안식처로 향하고 있었다. 텅 비어버린 옥상을 다시 찾았다. 옥상을 연결하는 회색 철문을 열고 들어가니, 이슬비가 내리며, 저 멀리서부터 해가 지고 있었다. 의자를 끌고 와 주황빛으로 지고 있는 해를 뒤로하고 텅 빈 화단을 멍하니 바라보았다. 화단 위 말라비틀어진 잡초들 사이에 빨간 장미 한 송이가 피어있다. 부드럽고 향기로운 장미 향에 마음이 조금 누그러졌다. 울컥하고 답답했던 가슴이 갑자기 뻥 뚫리진 않았지만, 아름답게 홀로 피어난 빨간 장미가 나를 위로하는 듯하다. 이슬비가 점점 굵어지더니 소나기가 되어 쏟아져 내리기 시작했다. 나는 그제야 옥상에서 내려올 수 있었다. 텅 빈 마음과 같이 비어있던 화단에 핀 장미 한 송이가 나를 위로한다.

　　장미 한 송이를 우연히 만난 그날의 기억으로 슬픔과 괴로움을 버텨본다. 곧 행복할 그때가 올 때까지.

사랑받기보다는 사랑하기를

식물을 처음 데리고 와 두근거리는 마음으로 식물의 이름과 물 주기를 잊지 않기 위해 끊임없이 속으로 새긴다. 물은 몇 번이나 주어야 하는지, 새로운 지금의 환경이 너무 덥거나 춥지는 않은지, 햇빛과 바람은 충분한지 걱정하며 나의 삶에 새로 들어온 작은 생명에 애정이 어린 눈빛과 관심을 쏟는다.

이 작은 생명은 어설픈 관심과 사랑에 보답이라도 하듯이 여리고 여린 초록의 새잎을 올린다. 이 작은 존재가 사랑이 무엇인지 가르친다. 어느 초보 주인은 물만 주었는데도 자신의 식물이 아주 잘 자란다며 사진까지 찍어 자랑하기에 바쁘다.

식물이 목마르지 않게 때 맞춰 물을 주고, 따듯한 해를 보여주고, 시원한 바람을 쐬어준 초보 주인의 애정과 노력이 키운 것임을, 그 마음이 바로 사랑인것을 아직 알지 못한다.

나는 누구보다 사랑받길 간절히 원하던, 누구보다 사랑을 갈구하던 사람이었다. 어쩌다 식물들을 만나 사랑을 주는 법을 배웠고, 이제서야 사랑을 주는 것이 사랑을 받는 것보다 나에게 더 의미 있으며, 진정으로 나를 행복하게 하는 방법 이란걸 식물을 통해 깨달았다. 사랑하는 사람이 갈증에 목이타면 물을 건네주고, 어두운 그림자가 드리우면 빛을 보여주며, 꽉 막혀버린 마음에 시원한 바람을 불어준다. 그 또한 작은 초록의 생명처럼 고맙다고 보답하듯이 어두웠던 얼굴에 웃음꽃을 피운다. 나는 처음 느껴본 그 벅차오르는 감정을 잊을 수가 없다. 사랑하는 사람의 웃음은 나 또한 미소 짓게 한다.

앞으로도 나는,

사랑받기보다는 꾸준히 사랑하기를 바란다.

나는 내가 식물을 키우고 있는줄 알았는데,

식물이 나를 키우고 있었다.

선인장은 물을 좋아한다

글
최선우

초판 1쇄 **2024년 5월 11일**

펴낸곳 **LIKELIFE BOOKS**
이메일 **likelifeandbooks@gmail.com**

ISBN **979-11-956235-8-7 (03810)**